Linda Chapman

Sternenschweif

Magische Kräfte

1

„Pass auf!", rief Laura ihrer Freundin Mel zu und deutete nach vorne. Mel duckte sich gerade noch rechtzeitig, um dem dicken Ast auszuweichen, der tief in den Weg hing. Sie ritt ein Stück vor ihren beiden Freundinnen Laura und Jessica.

„Danke für den Hinweis", wandte sich Mel mit einem Grinsen nach hinten. „Das wäre bestimmt ins Auge gegangen."

„Du solltest vielleicht besser darauf achten, wohin du reitest, anstatt uns dauernd

Kostproben deiner Schauspielkunst zu geben“, meinte Jessica und lachte.

„Aber wer hört mir denn sonst zu?“, fragte Mel entrüstet. „Meinen Eltern kann ich nichts erzählen. Wie ihr wisst, haben sie mir verboten, weiter zu den Proben zu gehen. Dabei ist unsere Gruppe wirklich gut.“

Mel nahm seit Beginn des Schuljahres an der Theatergruppe teil. Dort wurde momentan ein neues Stück einstudiert, das in einer Woche Premiere hatte. Weil Mel so viel Zeit bei den Proben verbrachte, waren ihre Noten in der Schule schlechter geworden. Ihre Eltern hatten sie daraufhin vor die Wahl gestellt, entweder die Schauspielerei oder das Reiten aufzugeben. Natürlich hätte Mel auf gar keinen Fall ihr Pony

Silver im Stich gelassen. Wer hätte sich denn um den kleinen Apfelschimmel kümmern sollen? Nicht mehr an der Theatergruppe teilzunehmen, hatte sie jedoch auch nicht übers Herz gebracht. Und deswegen ging sie jetzt heimlich hin, ohne dass ihre Eltern davon wussten.

„Ewig wirst du das vor deinen Eltern sowieso nicht verbergen können“, meinte Laura. „Bald findet doch die Premiere statt, spätestens dann musst du es ihnen sagen. Oder willst du, dass sie von irgendwelchen Eltern, die dich auf der Bühne sehen, von deiner Schauspielerei erfahren?“

„Nein, natürlich nicht“, erwiderte Mel. „Ich möchte, dass sie erkennen, dass ich meine Sache gut mache, und hoffe, dass sie mich dann weiterspielen lassen.“

„Oder sie sind so sauer, dass sie es dir erst recht verbieten", wandte Laura ein. „Schließlich belügst du sie die ganze Zeit."

„Ja, ich weiß", sagte Mel mit gequältem Gesichtsausdruck. „Ich fühle mich auch wirklich schrecklich dabei, das könnt ihr mir glauben. Aber nun ist es zum Glück nur noch eine Woche bis zur Premiere. Diese letzten Tage werden allerdings besonders anstrengend wegen der vielen Proben. Außerdem dauert alles umso länger, weil meine Mutter mich ja nicht mehr fährt. Mit dem Bus brauche ich fast doppelt so viel Zeit. So ein Mist, dass wir ausgerechnet jetzt auch noch so viele Hausaufgaben haben."

„Es ist doch immer so, dass sich vor den Ferien alles drängt", sagte Jessica.

„Was heißt hier Ferien?“, entrüstete sich Mel. „Es handelt sich schließlich um gerade mal zwei Ferientage, nämlich Donnerstag und Freitag. Da kann man höchstens von einem verlängerten Wochenende sprechen, finde ich.“

„Ja, aber heute ist erst Samstag. Du hast also noch heute Nachmittag und morgen, um die große Hausaufgabe für den Geschichtsunterricht zu erledigen“, stellte Jessica fest.

„Oje, das hatte ich völlig vergessen“, jammerte Mel. „Ich habe ja noch nicht einmal die Hausaufgaben für Englisch. Und am Sonntagabend ist schon wieder eine Probe. Ich weiß gar nicht, wie ich das alles schaffen soll.“ Hilfe suchend blickte sie ihre beiden Freundinnen an.

Laura und Jessica warfen sich einen vielsagenden Blick zu. Erst letzte Woche hatte Jessica Mel die Hausaufgaben für Geografie abschreiben lassen. Laura ließ nicht so gerne abschreiben, weil sie es hasste zu betrügen. Aber sie verstand natürlich, dass Mel sich in einer Notlage befand, und wollte ihre Freundin nicht im Stich lassen.

„Also gut", sagte sie seufzend. „Ich finde es zwar nicht in Ordnung, aber dann schreib eben Geschichte von mir ab."

Mel strahlte. „Danke, Laura, das ist sehr nett", freute sie sich. „Ich verspreche, dass ihr mir wirklich nur noch bis zur Aufführung nächsten Samstag helfen müsst."

„Gut, jetzt reden wir aber nicht dauernd von Hausaufgaben", wechselte Jessica das Thema. „Schließlich ist Wochenende und wir sind mit den Pferden unterwegs. Da wollen wir doch Spaß haben."

Mittlerweile hatten sie den Wald verlassen und ritten auf ein großes, abgemähtes Getreidefeld zu. Sternenschweif zog an den Zügeln.

„Was haltet ihr von einem kleinen Wettrennen?", schlug Laura vor. „Wer als Erster da drüben bei der großen Kastanie ist?"

Sie hatte kaum zu Ende gesprochen, da sauste Mel auf Silver auch schon los. „Fangt mich doch!“, rief sie und winkte ihren beiden Freundinnen zu. Da gab es auch für Sternenschweif und Sandy kein Halten mehr. Sekunden später mischte sich das dumpfe Hufgetrappel der Pferde mit dem hellen Lachen der Mädchen in der klaren Herbstluft.

Als die Freundinnen zu Hause bei Laura angekommen waren, nahmen sie den Ponys Sättel und Zaumzeug ab und ließen sie grasen.

„Ich bin gespannt, was unsere Eltern in der Zwischenzeit alles beschlossen haben“, meinte Jessica.

„Ja, ich auch“, erwiderte Laura. „Wahrscheinlich haben sie sich ein paar nette Aufgaben für uns ausgedacht."

Jessicas und Mels Eltern wollten für Lauras Familie am nächsten Wochenende ein großes Festessen veranstalten. Damit wollten sie nachträglich die Geburt von Lauras kleiner Schwester Sophie feiern, die nun schon bald vier Monate alt war. Es war sehr schwierig gewesen, einen Termin zu finden, an dem alle Zeit hatten. Aber dieses verlängerte Wochenende, das nun vor ihnen lag, war die perfekte Gelegenheit.

Als die Kinder ins Haus kamen, saßen die Erwachsenen alle um den Küchentisch. Sophie lag in ihrer Wiege und quietschte vor sich hin. Buddy, der Berner Sennenhund von Lauras Bruder Max, lag in der

Ecke und schielte auf den großen Marmorkuchen, der in der Mitte des Tisches stand. Zu gerne hätte er etwas davon abgehabt. Die drei Mädchen schnappten sich jede ein Stück und bissen herzhaft hinein.

„Und, habt ihr schon entschieden, was es gibt?“, fragte Laura mit vollem Mund.

„Ja, wir werden einen großen Truthahn mit leckeren Beilagen machen“, verkündete ihre Mutter.

„Und wer ist wofür zuständig?“, wollte Mel wissen.

„Wir dachten, ihr kümmert euch um alles und wir lassen uns einfach verwöhnen“, sagte Jessicas Vater mit einem Grinsen.

Die Mädchen schauten sich an und verdrehten die Augen.

„Also gut, im Ernst“, ergriff Mels Mutter

das Wort. „Gefeiert wird bei uns, weil wir den größten Esstisch haben."

„Und wir bringen den Truthahn mit", erklärte Mrs Parker. „Jessica wird mir beim selbst gemachten Blaukraut, dem Kartoffelbrei und den Maronen mit Speck helfen."

„Und wir kümmern uns um einen leckeren Salat als Vorspeise", fuhr Mrs Foster fort. „Außerdem habe ich vor Kurzem ein gutes Rezept für einen Preiselbeerkuchen gelesen. Das wäre doch ein prima Nachtisch, schließlich passen Preiselbeeren perfekt zum Truthahn. Laura, hättest du nicht Lust, das Rezept gemeinsam mit Mel auszuprobieren?"

Die beiden Mädchen schauten sich an. „Klar, warum nicht?", sagte Laura dann.

„Ich bin zwar keine große Bäckerin, aber

probieren können wir es ja", stimmte auch Mel zu.

„Gut, dann lasst uns jetzt gemeinsam noch eine Tasse Tee trinken", entschied Mrs Foster. Sie stand auf, um Wasser in den Kessel zu füllen. Die Mädchen schnappten sich drei Stühle aus dem Wohnzimmer und setzten sich mit an den Küchentisch. Sie erzählten von ihrem Wettrennen über das Getreidefeld und von der Schule.

Nach einer Weile stand Mel auf und verließ den Raum. Als sie kurz darauf nicht wieder erschien, machte sich Laura auf, um zu sehen, wo ihre Freundin steckte. Sie fand sie oben in ihrem Zimmer am Schreibtisch. Den Kopf über ein Heft gebeugt kritzelte sie Zeile für Zeile rasch auf ein Blatt Papier.

„Was machst du denn da?", fragte Laura erstaunt.

Mel fuhr herum. „Puh, hast du mich erschreckt", stöhnte sie. „Ich dachte, ich fange schon einmal an, die Hausaufgaben für Geschichte abzuschreiben."

„Aber du kannst doch nicht einfach in mein Zimmer gehen und dir mein Heft schnappen!", rief Laura entrüstet. „Du hättest zumindest vorher fragen können."

„Du hast mir doch selbst erlaubt, dass ich die Hausaufgaben abschreibe", erwiderte Mel erstaunt. „Nun stell dich doch nicht so an. Was ist denn schon dabei, wenn ich in dein Zimmer gehe? Und wie hätte ich dich überhaupt vorher fragen können? Ich kann dich ja schlecht vor meinen Eltern bitten, mir dein Heft zu geben."

Wütend stand sie auf und schnappte sich das Blatt Papier. „Vielen Dank für deine Hilfe! Du bist wirklich eine tolle Freundin", zischte sie und stapfte aus dem Zimmer. Laura blickte ihr verdutzt hinterher.

2

Als Laura nach unten kam, waren alle bereits am Aufbrechen. Sie hatte keine Gelegenheit mehr, mit Mel zu sprechen. Sie konnte ihr gerade noch heimlich ihr Hausaufgabenheft zustecken. Mel warf ihr nur ein knappes „Tschüss“ zu und ging dann mit Jessica zur Koppel, um die Pferde zu satteln. Jessica schaute zwar etwas verwundert, sagte aber nichts. Sie befürchtete wohl, dass ihre Eltern sonst Verdacht schöpften.

Laura fühlte sich schlecht. Sie hasste Ärger. Aber sie war nach wie vor der Meinung, dass Mel sie vorher hätte fragen müssen. Sie wollte unbedingt zu Sternenschweif. Mit wem sonst konnte sie reden? Er würde sie bestimmt verstehen.

„Ich bin noch einmal kurz bei Sternenschweif", sagte sie zu ihrer Mutter, nachdem sie ihr geholfen hatte, die Küche aufzuräumen.

„Du warst doch gerade erst mit Mel und Jessica ausreiten", wunderte sich ihre Mutter. „Du kannst wohl heute nicht genug kriegen?"

„Genau", erwiderte Laura und schlüpfte rasch durch die Küchentür nach draußen. Nachdenklich ging sie den Weg zum Stall entlang. Sternenschweif stand auf dem hinteren Teil der Koppel und rupfte genüsslich ein paar Grashalme ab. Laura fröstelte. Es war bereits später Nachmittag und ein kühler Wind wehte. Sie schloss den Reißverschluss ihrer Jacke und klappte den Kragen hoch. Als Sternenschweif sie bemerkte, kam er zu ihr und streckte ihr den Kopf entgegen. Nachdenklich streichelte Laura seine samtweichen Nüstern.

„Was hältst du davon, wenn wir noch kurz zur geheimen Lichtung reiten? Ich will mit dir reden."

Sternenschweif warf ihr einen fragenden Blick zu und schnaubte leise. Laura ging in den Stall und legte ihm Sattel und Zaumzeug an. Dann ritten sie los.

Die geheime Lichtung war ihr absoluter Lieblingsplatz. Sie lag mitten im Wald und nur ein versteckter schmaler Pfad führte zu ihr. Niemand außer ihnen schien jemals dort zu sein. Im Winter wie im Sommer wuchs das Gras hier saftig grün, verziert mit purpurfarbenen Mondblumen, die wie kleine Farbtupfer darauf verteilt waren. Laura hatte vor einiger Zeit herausgefunden, dass es magische Blumen waren. Mit ihrer Hilfe und mit einem Zauberspruch hatte sie damals ihr kleines graues Pony zum ersten Mal in ein strahlend schönes Einhorn verwandelt. Laura würde nie vergessen, wie Sternenschweifs Fell damals plötzlich in silbernem Glanz erstrahlt war, wie zart sich Mähne und Schweif angefühlt hatten und wie verheißungsvoll sein Horn geleuchtet hatte.

In einem Buch über Einhörner, das Laura

von Mrs Fontana, einer alten Buchhändlerin, bekommen hatte, hatte Laura den Zauberspruch entdeckt. Auch jetzt murmelte sie wieder die magischen Verse:

Silberstern, Silberstern,
hoch am Himmel, bist so fern.
Funkelst hell und voller Macht,
brichst den Bann noch heute Nacht.
Lass dies Pony grau und klein
endlich doch ein Einhorn sein.

Ein violetter Blitz leuchtete auf und Sekunden später stand Sternenschweif als Einhorn vor ihr.

„Was ist passiert?", wollte er sofort wissen. In seiner Einhorngestalt konnte er mit Laura sprechen, doch das war nur eine seiner vielen magischen Fähigkeiten.

„Es ist nicht direkt etwas passiert, aber ich habe mich mit Mel gestritten“, erklärte Laura geknickt.

„Warum?“, fragte Sternenschweif.

„Du hast doch bei unserem Ausritt gehört, dass ich ihr erlaubt habe, die Hausaufgaben für Geschichte abzuschreiben. Als wir dann vorhin alle gemeinsam am Tisch saßen, ist Mel plötzlich aufgestanden und verschwunden. Ich habe nach ihr gesucht und sie in meinem Zimmer gefunden. Sie hatte sich einfach mein Heft genommen und angefangen abzuschreiben. Das ist doch nicht in Ordnung, oder? Ich finde, sie hätte mich vorher zumindest noch einmal fragen können.“

„Na ja, vor euren Eltern ging das wohl schlecht“, wandte Sternenschweif ein.

„Das hat sie auch gesagt. Aber sie hätte ja genauso gut warten können, bis alle gehen, um mich dann an das Heft zu erinnern. Im Durcheinander des Aufbruchs hätte das niemand mitbekommen."

„Ja, das stimmt", gab Sternenschweif ihr recht.

„Vielleicht bin ich wirklich etwas überempfindlich, weil ich sowieso ungern schummele und Mels Abschreibereien nicht mag. Ich bin froh, wenn demnächst die Premiere ist und Mel ihren Eltern reinen Wein einschenkt. Dann hört dieses Versteckspiel endlich auf."

„Ja, das ist gut so", pflichtete Sternenschweif ihr bei. „Morgen ist erst Sonntag. Da hat Mel Zeit, sich die Sache noch einmal durch den Kopf gehen zu lassen.

Du wirst sehen, am Montag in der Schule ist der ganze Ärger bestimmt schon längst verflogen."

„Hoffentlich", meinte Laura seufzend.

„Was hältst du von einer kleinen Runde in der Luft?", fragte Sternenschweif, um Laura auf andere Gedanken zu bringen. „Es ist zwar noch nicht ganz dunkel, aber wenn wir uns dicht über den Bäumen halten, dann sollte es schon gehen."

Laura strahlte. Fliegen zu können war eine weitere von Sternenschweifs magischen Fähigkeiten. Für sie beide gab es nichts Schöneres. Sie durften aber auf keinen Fall dabei entdeckt werden, denn ein Einhorn durfte sich nur Einhornfreunden in seiner wahren Gestalt zeigen.

Mit einem Lächeln schwang sich Laura

auf Sternenschweifs Rücken. „Also, worauf warten wir noch?“, fragte sie. Und mit ein paar kräftigen Sprüngen erhob sich Sternenschweif in die Luft.

Am nächsten Tag machten sich Laura und Sternenschweif gleich nach dem Mittagessen auf zu Lauras Freundin Grace Wakefield. Es war ein herrlicher Tag. Die Sonne hatte immer noch Kraft, obwohl es schon spät im Herbst war. Mrs Wakefield gehörte der Reiterhof, der nicht weit von Lauras Zuhause lag. Sie schlug den Weg entlang der Felder ein und ließ sich Zeit. Sie freute sich an Sternenschweifs Nähe und am Zwitschern der Vögel vor dem tiefblauen Himmel.

Laura dachte daran zurück, wie sie noch vor Kurzem mit Sternenschweif auf dem Reiterhof ausgeholfen hatte. Mehrere Pferde waren krank gewesen und Grace' Mutter hatte Schwierigkeiten gehabt, den Reitunterricht aufrechtzuerhalten. Sternenschweif war daher in den Reitstunden als Schulpferd eingesprungen und Laura hatte währenddessen Grace bei der Stallarbeit geholfen. Auf Lauras Betreiben hin war Mrs Wakefield mit den Mädchen dann zum Pferdemarkt gegangen, um nach einem neuen Schulpferd Ausschau zu halten. Laura erinnerte sich noch genau an den aufregenden Tag, an das Stimmengewirr und das Wiehern der Pferde. Es waren einige gute Pferde dabei gewesen, aber in der allerletzten Box hatte Laura Wolkentanz entdeckt. Er hatte verwahrlost gewirkt und war offensichtlich nicht gut behandelt worden. Laura hatte jedoch gespürt, dass Wolkentanz etwas Besonderes war. Obwohl es gegen jegliche Vernunft war, hatte Mrs Wakefield Wolkentanz dann ersteigert. Ein erfahrenes Reitschulpferd hätte sie sofort einsetzen können. Wolkentanz jedoch war am Anfang noch viel zu schwach für den Reitunterricht gewesen. Mittlerweile hatte er sich aber gut eingewöhnt.

„Ich bin gespannt, wie es Wolkentanz geht", sagte Laura zu Sternenschweif. „Wir haben ihn jetzt eine Weile nicht mehr gesehen. Wegen der Schule hatte ich ja nie richtig Zeit. Ob Sandra ihn wohl oft besuchen kommt? Vielleicht ist sie auch schon auf ihm geritten? Die beiden haben sich ja von Anfang an bestens verstanden."

Laura erinnerte sich, wie vertraut Sandra und Wolkentanz bereits bei ihrer ersten Begegnung gewirkt hatten. Sie war mit ihrer Schwester Siena damals zum Reiterhof gekommen, weil sie gerne Reitstunden nehmen wollte. Siena war im Gegensatz zu Sandra eine richtig gute Reiterin, Sandra spielte dafür besser Klavier. Aber das war auch der einzige Unterschied zwischen den Zwillingsschwestern. Laura hatte die beiden vor Kurzem kennengelernt, als sie Siena bei einem Problem mit ihrem Einhorn geholfen hatte.

Wolkentanz hatte Sternenschweif erzählt, dass auch er ein Einhorn sei und seinen Einhornfreund vor einiger Zeit verloren hatte. Nun fragte sich Laura ständig, ob wohl Sandra die neue Einhornfreundin von Wolkentanz werden würde. Vielleicht hatte Sandra Wolkentanz' Geheimnis in der Zwischenzeit herausgefunden? Aber dann hätte sie ihr bestimmt davon erzählt.

Laura hätte Sandra gerne einen Hinweis gegeben, aber das durfte sie nicht. Jeder Einhornfreund musste das Geheimnis und alle Zauberkräfte seines Einhorns selbst entdecken. Laura erinnerte sich noch gut daran, wie lange es bei ihr bis zu Sternenschweifs erster Verwandlung gedauert hatte. Er hatte ihr geholfen, den Zauberspruch in Mrs Fontanas Einhornbuch zu finden. Dass die Verwandlung somit ihr gemeinsames Verdienst war, hatte ihre Freundschaft umso mehr gestärkt.

Als Laura den Reiterhof erreichte, war Sandra gerade dabei, Wolkentanz abzusatteln. Er stupste sie mit der Nase in die Seite und presste seinen Kopf an sie. Sie schlang einen Arm um seinen Hals und lachte. Laura spürte, dass die Vertrautheit

zwischen den beiden noch gewachsen war.

„Hallo, Sandra“, sagte sie und trat mit Sternenschweif neben das Mädchen.

„Oh, hallo, Laura, wir haben uns ja schon eine Weile nicht mehr gesehen“, begrüßte sie Sandra. Sie lächelte Laura zu und in ihren Augen lag ein ganz besonderes Leuchten. Bevor Laura sie fragen konnte, was der Grund dafür war, platzte Sandra schon heraus:

„Laura, ich muss dir unbedingt etwas sagen! Du wirst es kaum glauben, aber Wolkentanz ist ein Einhorn! Vor einer Woche habe ich ihn das erste Mal verwandelt. Es war ein unglaublicher Moment!"

„Pssst, nicht so laut, jemand könnte dich hören", ermahnte sie Laura und legte einen Finger auf die Lippen. „Du weißt doch, dass niemand davon erfahren darf."

„Ja, ich weiß, aber ich bin immer noch völlig aus dem Häuschen. Gemeinsam zu fliegen und alles Erdenkliche in den Rosenquarzsteinen zu sehen, ist einfach fantastisch!"

„Ja, das stimmt", gab Laura ihr recht.

Obwohl sich Laura für Sandra und Wolkentanz freute, war sie ein bisschen erstaunt, dass die beiden innerhalb von so kurzer Zeit gleich mit zwei magischen Fähigkeiten vertraut waren. Laura und Sternenschweif hingegen hatten viel länger gebraucht, bis sie herausgefunden hatten, dass ein Rosenquarzstein sich in einen magischen Spiegel verwandelte, der ihnen Menschen überall auf der Welt zeigte, sobald Sternenschweif den Stein mit seinem Horn berührte.

Laura blickte nachdenklich zu Boden. Irgendetwas kam ihr komisch vor, aber sie konnte nicht genau sagen, was es war. Hatte es damit zu tun, dass bei Sandra und Wolkentanz alles so schnell ging? Doch bevor Laura weiter darüber nachdenken konnte, klopfte ihr jemand auf den Rücken.

„Hallo, Laura“, wurde sie von ihrer Freundin Grace begrüßt. „Vermisst du etwa die Stallarbeit?“

„Könnte sein“, antwortete Laura grinsend. „Es hat wirklich Spaß gemacht, euch zu helfen. Und die letzten Tage hätte ich das auch lieber getan, als ständig für die Schule zu büffeln.“

„Das geht mir genauso“, stimmte Grace ihr zu. „Ich freue mich wirklich auf die freien Tage nächste Woche. Dann will ich mit meiner Mutter auch unseren Prospekt fertig machen."

Laura schaute Grace fragend an. „Welchen Prospekt?"

„Habe ich dir noch gar nicht davon erzählt?", wunderte sich Grace. „Wir wollen den Hof mit allen Angeboten in einem Prospekt vorstellen. Auf diese Weise kommen vielleicht noch mehr Leute. Willst du sehen, wie weit wir bisher sind?"

„Ja, klar, gerne", erwiderte Laura. Grace ging voran zum Haus. Doch bevor Laura ihr folgen konnte, hielt Sandra sie am Ärmel zurück.

„Können wir uns nicht morgen nach der Schule in dem Wäldchen hinter dem Reiterhof treffen?", flüsterte sie ihr zu.

Laura warf ihr einen prüfenden Blick zu, aber Sandra wirkte völlig unbekümmert. „Nur so unter Einhornfreunden", raunte sie ihr zu.

„In Ordnung", flüsterte Laura zurück. „Ich bin um fünf Uhr dort." Dann lief sie schnell Grace hinterher.

Laura verbrachte den ganzen Nachmittag mit Grace. Sie schauten sich den Prospektentwurf an und unterhielten sich über alles Mögliche. Sie hatten sich viel zu erzählen, denn schließlich hatten sie sich eine ganze Weile nicht gesehen.

Die Zeit verging wie im Flug und es war schon spät, als Laura und Sternenschweif sich auf den Heimweg machten. Als sie zu Hause ankamen, war es fast dunkel.

„Du kommst aber spät“, begrüßte sie ihre Mutter. „Ich habe mir Sorgen gemacht.“

„Grace und ich haben ein bisschen die Zeit vergessen“, entschuldigte sich Laura.

„Na ja, schon gut, jetzt bist du ja da. Vielleicht kannst du noch rasch den Tisch decken?“

Nach dem Abendessen half Laura ihrer Mutter in der Küche und ging dann früh zu Bett. Ihre Gedanken kehrten immer wieder zu Sandra und Wolkentanz zurück. Warum hatte sie nur dieses komische Gefühl? Irgendetwas stimmte nicht. Aber was? Laura fand keine Antwort. Seufzend zog sie die Bettdecke bis unters Kinn. Morgen lag wieder ein langer Schultag vor ihr. Wenn sie jetzt die halbe Nacht grübelte, würde sie spätestens in der dritten Stunde gegen den Schlaf kämpfen. Sie drehte sich zur Seite und kuschelte sich in ihr Kissen. Morgen war auch noch ein Tag.

3

Am nächsten Morgen traf Laura Mel bereits am Schultor. Unsicher blieb sie stehen, doch Mel kam gleich auf sie zugelaufen.

„Laura, es tut mir so leid“, fing sie sofort an. „Ich habe mir die ganze Zeit Vorwürfe gemacht, dass ich dich so angefahren habe. Natürlich hattest du recht. Es war nicht in Ordnung, einfach so in dein Zimmer zu gehen. Aber ich hatte gar nicht richtig darüber nachgedacht. Ich wollte nur so schnell wie möglich diese Hausaufgaben hinter mich bringen." Sie hielt kurz an, um Luft zu holen. Dann warf sie Laura einen unsicheren Blick zu. „Bist du mir noch böse?"

„Nein, schon in Ordnung", winkte Laura ab. „Ich hätte mich auch nicht gleich so aufregen müssen. Aber ich war einfach so überrascht, dich da in meinem Zimmer sitzen zu sehen. Und außerdem mag ich diese Abschreibereien einfach nicht."

„Ja, ich weiß und ich verspreche dir, dass das bald ein Ende haben wird. Nur noch die paar Tage bis zur Aufführung. Die Probe am Sonntag war übrigens wirklich gut. Alles hat prima geklappt und unser Leiter hat mich sogar gelobt."

„Das ist schön", freute sich Laura. „Ich hoffe, dass dich deine Eltern weitermachen lassen."

„Ja, das hoffe ich auch", erwiderte Mel mit einem Seufzer. Die Schulglocke läutete. „Lass uns reingehen, wir haben gleich Geschichte. Jetzt, wo ich die Hausaufgaben habe, möchte ich sie doch auch pünktlich abgeben." Sie lachte und zog Laura am Ärmel ins Schulhaus.

Nachdem alle Platz genommen und ihre Sachen ausgepackt hatten, bat sie ihr Klassenlehrer Mr Noland, die Hausaufgaben bei ihm abzuliefern. Mel ging als Erste nach vorne und legte ihr Heft auf den Tisch. Sie drehte sich um und blinzelte Laura verschwörerisch zu. Laura spürte einen kleinen Stich in der Brust. Sie hatte so lange an diesen Aufgaben gesessen und Mel hatte sie wahrscheinlich in nicht einmal einer Stunde abgeschrieben. Am liebsten hätte Laura etwas zu Mel gesagt, aber sie wollte nicht schon wieder für Missstimmung sorgen.

Als Laura am Nachmittag zu Hause ankam, saß ihre Mutter gerade in der Küche. Vor ihr stand eine dampfende Tasse Tee.

„Hallo, mein Schatz“, begrüßte sie sie. „Wie war's in der Schule?“

„Ganz schön anstrengend“, seufzte Laura und setzte sich.

„Dann nimm dir doch auch eine Tasse und erzähl mir, was so anstrengend war“, schlug ihre Mutter vor.

Nachdem sie eine Weile geredet hatten, ging Laura hinauf in ihr Zimmer und zog sich ihre Reitsachen an. Es war Zeit, sich zum Reiterhof aufzumachen. Beinahe hätte sie ihre Verabredung mit Sandra vergessen.

Als sie mit Sternenschweif am kleinen Wäldchen ankam, verwandelte sie ihn rasch im Schutz der Bäume. Sandra wartete bereits mit Wolkentanz auf sie. Diesmal sah Laura aber kein Strahlen in ihren Augen. Im Gegenteil, Sandra schaute ziemlich bekümmert drein.

„Hallo, Laura“, begrüßte sie sie mit einem gequälten Lächeln.

„Hallo, Sandra“, grüßte Laura zurück. „Ist etwas passiert? Du siehst so traurig aus.“

„Ich bin auch traurig“, entgegnete Sandra. „Wolkentanz’ Kräfte lassen nach und wir wissen nicht, warum. Ach Laura, das ist alles furchtbar! Hoffentlich kannst du uns helfen. Du als Hüterin weißt doch bestimmt Rat.“

„Jetzt immer der Reihe nach", versuchte Laura sie zu beruhigen. „Erzähl mir erst einmal, was passiert ist."

Laura hatte vor Kurzem Sandras Schwester Siena geholfen, die plötzlich mit ihrem Einhorn Glitzerstern Probleme beim Fliegen bekommen hatte. Es war Lauras Aufgabe als Hüterin der Einhorngeheimnisse, anderen Einhörnern und ihren Freunden zu helfen. Eine Hüterin zu sein, war eine Auszeichnung, die Laura der alten Mrs Fontana zu verdanken hatte. Sie war selbst eine Hüterin gewesen und hatte Laura diese Aufgabe vor ihrem Tod übertragen. Laura hatte in der Vergangenheit schon einige Erfahrung in ihrer neuen Rolle gesammelt, dennoch fühlte sie sich manchmal noch überfordert, ihren Pflichten nachzukommen und für die unterschiedlichsten Probleme eine Lösung parat zu haben. Hoffentlich konnte sie Sandra helfen. Sie warf einen prüfenden Blick in ihr sorgenvolles Gesicht.

„Es … es war ganz komisch", fing Sandra stockend an. „Gestern Abend wollte ich mit Wolkentanz nachsehen, was eine Freundin von mir macht, die weggezogen ist und ganz unglücklich war. Wir haben vor ein paar Tagen einen großen Rosenquarzstein gefunden, der ziemlich versteckt im Wald liegt. Hier kann ich Wolkentanz unentdeckt verwandeln. Wir waren schon einige Male vorher dort und es hat immer problemlos geklappt mit dem Stein. Auch gestern habe ich meine Freundin zwar gesehen, aber dann ist das Bild sofort verblasst. Wir haben es daraufhin wieder und immer wieder probiert, aber es war jedes Mal dasselbe. Und als wir später zusammen geflogen sind, hat Wolkentanz plötzlich seine Einhorngestalt verloren. Seine Hufe hatten gerade den Boden berührt, da war er schon wieder ein Pony, noch bevor ich die magischen Verse zur Rückverwandlung gesprochen hatte." Sandra schluckte schwer. Sie legte ihren Arm um Wolkentanz' Hals und drückte ihn fest an sich. Das Einhorn schmiegte seinen Kopf an sie und schnaubte leise. „Wir … wir …", fing Sandra wieder an, doch ihre Stimme zitterte und sie konnte nicht weiterreden.

„Wir können uns einfach überhaupt nicht erklären, woher das kommt", sagte Wolkentanz. „Ich hatte früher nie derartige Schwierigkeiten. Meinst du, dass meine Einhornkräfte schwinden und ich mich vielleicht bald überhaupt nicht mehr verwandeln kann? Ist dir als Hüterin schon einmal ein ähnlicher Fall begegnet?"

„Nein, leider nicht", antwortete Laura betrübt. „Sternenschweifs Kräfte haben zwar auch einmal nachgelassen, aber das war damals etwas anderes. Wir haben sie fälschlicherweise nicht für die eingesetzt, die wirklich in Not waren, sondern für kleine Alltagsprobleme. So haben sich seine Kräfte verbraucht und Sternenschweif wurde immer schwächer. Das trifft ja für euch nicht zu." Sie legte die Stirn in Falten und dachte angestrengt nach. „Nein, ich fürchte, ich kann euch momentan keinen Rat geben", meinte sie schließlich.

Sandra und Wolkentanz schauten sie bekümmert an. Laura fühlte sich gar nicht wohl in ihrer Haut. Sie hätte den beiden so gerne geholfen. Aber wie?

„Wie Wolkentanz gesagt hat, hatte er früher niemals ein derartiges Problem", fuhr Sandra fort. „Es muss also an mir liegen." Ihre Stimme zitterte erneut.

„Nein, das muss es nicht", widersprach Wolkentanz. Er blies ihr sanft durch die Haare. „Vielleicht liegt es an uns beiden? Vielleicht müssen wir uns noch besser aufeinander einspielen?"

„Aber dann hätte es von Anfang an nicht funktioniert", gab Sandra zu bedenken. „Das Seltsame ist doch, dass zunächst alles ganz normal war und diese Probleme erst jetzt auftauchen."

„Ja, das ist in der Tat seltsam“, pflichtete Laura ihr bei. Nachdenklich betrachtete sie die beiden. Sie konnte nichts Ungewöhnliches an ihrer Freundschaft feststellen. Sie wirkten sehr vertraut miteinander, wussten, was der andere dachte, und gingen liebevoll miteinander um. Sie waren wirklich gute Freunde.

„Ich kann mir das alles auch nicht erklären“, gestand Laura. „Aber ich werde versuchen, eine Lösung zu finden. Ich bin sicher, es gibt eine Erklärung, und es ist nur eine Frage der Zeit, bis wir wissen, was los ist.“

„Hoffentlich hast du recht“, sagte Sandra mit einem tiefen Seufzer.

„Bestimmt“, erwiderte Laura und drückte Sandra kurz an sich. „Ich muss jetzt leider los. Es ist schon fast dunkel und ich habe meiner Mutter versprochen, ihr bei den Vorbereitungen zum Abendessen zu helfen. Wir werden ohnehin zu spät kommen."

„Lass uns doch fliegen", schlug Sternenschweif vor. „Wenn ich mich dicht über den Baumspitzen halte, dann sollte es sicher genug sein in der Dämmerung."

„Ja, gute Idee", stimmte Laura zu. „So schaffen wir es vielleicht noch rechtzeitig." Sie schwang sich auf Sternenschweifs Rücken. „Wir finden ganz bestimmt eine Erklärung, Sandra. Ich melde mich, sobald ich etwas weiß."

„In Ordnung", erwiderte Sandra. „Tschüss dann."

„Kommt gut heim", fügte Wolkentanz hinzu.

Sternenschweif schwang sich mit ein paar kräftigen Sprüngen hinauf in die Luft. Laura winkte den beiden noch einmal zu. Als sie sie da unten so stehen sah, spürte sie einen dicken Kloß im Hals. Sie könnten so glücklich sein, jetzt, wo sie sich gefunden hatten. Was ging hier nur vor sich?

Entschlossen vergrub Laura ihre Hände noch ein bisschen tiefer in Sternenschweifs Mähne. Sie würden Sandra und Wolkentanz helfen. Gemeinsam würden sie die Ursache für Wolkentanz' Problem herausfinden und es lösen. Wenn sie nur wüsste, wie!

4

Als Laura die Farm erreichte, landete sie im Schutz der Bäume, die neben der Koppel standen, und verwandelte Sternenschweif zurück. Sie brachte ihn in den Stall, nahm ihm Sattel und Zaumzeug ab und holte sein Futter. Dann streute sie frisches Stroh in seine Box und füllte das Heunetz auf.

„So, mein Kleiner“, sagte sie und tätschelte liebevoll den Hals ihres Ponys. „Lass es dir schmecken und dann schlaf gut.“

Sternenschweif schnaubte und stupste sie kurz zum Abschied in den Bauch.

Laura lief rasch ins Haus. Ihre Mutter wartete bestimmt schon.

Als sie in die Küche kam, stand ihre Mutter vor dem Kühlschrank und ihr Vater deckte den Tisch.

„Hallo", sagte Laura atemlos. Ihre Eltern grüßten nicht zurück, sondern warfen ihr nur einen kurzen Blick zu. Laura beschlich ein mulmiges Gefühl.

„Entschuldigung, es ist ein bisschen spät geworden", murmelte sie.

„Das ist nicht das Problem", erwiderte ihr Vater streng. „Wir haben leider einen sehr unangenehmen Anruf von der Schule erhalten."

„Mr Noland hat gesagt, deine und Mels

Hausaufgabe in Geschichte sei absolut identisch gewesen", erklärte ihre Mutter.

Laura fuhr der Schreck in alle Glieder. Sie hatte von Anfang an befürchtet, dass so etwas passieren würde! Was sollte sie jetzt sagen? Fieberhaft dachte sie nach.

„Hast du die Hausaufgaben von Mel abgeschrieben?", wollte ihre Mutter wissen.

Am liebsten hätte Laura gerufen: „Nein, ich war es nicht!" Aber sie konnte Mel doch nicht verraten. Dann hätte sie nicht mehr an den Theaterproben, geschweige denn an der Aufführung teilnehmen können. Ein Albtraum für Mel! Nein, das konnte Laura ihr nicht antun.

„Ich … ich wollte …", stotterte sie. Sie hasste es, ihre Eltern anzulügen, aber was blieb ihr übrig? Sie sah, wie ihre Mutter ihr

einen forschenden Blick zuwarf. Laura schaute beschämt zu Boden.

„Ich wollte das nicht“, fuhr sie mit stockender Stimme fort. „Aber in letzter Zeit war in der Schule einfach so viel los. Ständig neuer Stoff, ständig noch mehr Hausaufgaben. Die für Geschichte hatte ich total vergessen, bis Mel sie zufällig erwähnt hat. Ich hätte es nicht mehr geschafft, weil ich noch so viel anderes vorbereiten musste. Da hat mich Mel ihre Hausaufgaben abschreiben lassen." Laura hatte ihren Eltern, während sie sprach, nicht in die Augen sehen können. Es war furchtbar, sie anzulügen.

„Warum schaust du uns nicht an, wenn du mit uns sprichst?", wollte ihr Vater wissen. Er legte eine Hand auf ihren Arm. „Laura, sag uns doch, was los ist!"

Laura blickte kurz hoch, konnte Mr Fosters Blick aber nicht standhalten. Sie war einfach eine schlechte Lügnerin.

„Verheimlichst du uns etwas?", fragte ihre Mutter.

„Nein, nein", beeilte sich Laura zu sagen. „Bestimmt nicht."

„Es passt so gar nicht zu dir, dass du

uns anlügst“, meinte ihr Vater kopfschüttelnd. „Bist du sicher, dass du uns nicht noch mehr zu sagen hast?“

Laura schüttelte nur stumm den Kopf.

„Gut, wenn du nicht willst“, erwiderte ihr Vater knapp. Mr und Mrs Foster warfen sich einen Blick zu. „Eigentlich haben wir ja die Abmachung: Wer lügt, bleibt im Haus. Ich denke jedoch eher, dass du uns etwas verheimlichst, und deswegen gibt es auch keinen Hausarrest. Aber es ist trotzdem sehr enttäuschend, dass du nicht mehr Vertrauen zu uns hast.“

Laura starrte weiter zu Boden.

„Nun geh und wasch dir die Hände“, sagte Mrs Foster und wandte sich mit traurigem Blick ab. „Das Abendessen ist gleich fertig.“

Laura lief rasch nach oben. Sie fühlte sich hundeelend.

Am nächsten Tag wartete Mel an der Tür zum Klassenzimmer auf sie.

„Laura!", rief sie, sobald sie sie erblickte, und packte sie am Ärmel. „Haben deine Eltern gestern auch einen Anruf bekommen?"

„Ja, natürlich, was denkst du denn?", erwiderte Laura barsch. „Sie haben mich zur Rede gestellt, wie es sein kann, dass wir beide dieselbe Hausaufgabe abgegeben haben."

„Und, was hast du gesagt?" Mel blickte sie ängstlich an.

„Ich habe gesagt, ich hätte die Hausaufgabe vergessen und du hättest mich abschreiben lassen", erwiderte Laura knapp und wollte weitergehen.

„Oh Laura, es tut mir so leid, dass du wegen mir lügen musst!", rief Mel und hielt sie am Ärmel zurück. Laura blieb stehen. „Es tut mir wirklich sehr leid", sagte Mel mit leiser Stimme und blickte sie eindringlich an. „Ich weiß nicht, wie ich dir danken soll", fuhr sie fort. „Ich konnte meinen Eltern unmöglich die Wahrheit sagen. Ich hätte auf jeden Fall Hausarrest bekommen und dann hätte ich nicht mehr an den Proben teilnehmen können. All die Arbeit der letzten Wochen wäre umsonst gewesen! Aber ich weiß, dass ich dich damit in eine schlimme Lage bringe!"

„Das kann man wohl sagen", erwiderte Laura. Sie war wirklich sauer. „Wegen dir

habe ich meine Eltern zum ersten Mal anlügen müssen. Anscheinend bin ich nicht besonders gut darin, denn sie haben mir nicht geglaubt. Sie denken, es steckt noch mehr dahinter."

„Dann hast du keinen Hausarrest bekommen?", fragte Mel vorsichtig.

„Nein, vorläufig nicht", erwiderte Laura.

„Da bin ich aber froh“, sagte Mel erleichtert. Beschwörend legte sie ihre Hand auf Lauras Arm. „Laura, ich verspreche dir, dass das nicht mehr vorkommen wird. Ich werde nie vergessen, was du für mich getan hast. Du bist wirklich eine echte Freundin!“ Mel schaute Laura tief in die Augen und drückte sie dann ganz fest an sich.

„He, schon gut, ich krieg ja fast keine Luft mehr“, wehrte Laura sie ab und konnte sich ein Grinsen nicht verkneifen. „Hauptsache, ich muss nie wieder für dich lügen.“

„Nein, ganz bestimmt nicht, ich verspreche es“, erwiderte Mel mit Nachdruck. Dann hakte sie sich bei ihrer Freundin unter und gemeinsam gingen sie zu ihren Plätzen.

5

Bevor Laura am Abend ins Bett schlüpfte, nahm sie Mrs Fontanas Holzkiste aus der Kommode. Obenauf lag wie immer das Buch über Einhörner, das ihr die alte Dame geschenkt hatte, bevor Laura überhaupt wusste, dass Sternenschweif ein Einhorn war. In diesem Buch stand alles über die Geschichte der Einhörner. Es hatte Laura schon oft gute Dienste erwiesen. Vielleicht fand sie darin die Lösung für Wolkentanz' Problem? Laura blätterte das Buch Seite für

Seite durch – nichts. Nicht der kleinste Hinweis, was man zu tun hatte, wenn ein Einhorn seine Gestalt verlor. Ratlos schlug Laura das Buch wieder zu. Da fiel ihr Blick auf Mrs Fontanas abgegriffenes Tagebuch. Vielleicht war Mrs Fontana in ihrer Aufgabe als Hüterin einmal ein ähnlicher Fall begegnet und sie hatte ihn in ihrem Tagebuch festgehalten? Laura strich behutsam über den weichen, dunkelblauen Einband. Wie immer fühlte sie sich beim Anblick des Tagebuchs etwas mulmig. Sie wollte nicht in Mrs Fontanas persönlichen Notizen herumschnüffeln. Aber es war ja der ausdrückliche Wunsch der alten Dame gewesen, dass Laura das Tagebuch bekam. Sie schlug die vergilbten Seiten auf und fing an zu lesen:

L war bei mir im Laden. War ganz verzweifelt. S verliert scheinbar seine Zauberkräfte. Habe ihr gesagt, dass kein Einhorn seine Magie für immer verlieren kann.

Laura schluckte. Von ihrem früheren Gebrauch des Tagebuchs wusste sie, dass mit „L" und „S" sie und Sternenschweif gemeint waren. Sie erinnerte sich noch gut, welche Sorgen sie sich damals um Sternenschweif gemacht hatte, als er auf unerklärliche Weise immer schwächer geworden war. Und jetzt machte sich Sandra genau solche Sorgen um Wolkentanz. Wenn sie ihr doch nur helfen könnte! Laura blätterte fast bis an den Anfang des Tagebuchs und begann zu lesen. Sie stockte bei einem Eintrag, der beinahe zehn Jahre zurücklag.

Er handelte von einem Einhorn namens Blitz und seiner Freundin Andrea. Auch Blitz hatte Schwierigkeiten, seine Einhorngestalt zu behalten, weil er nicht gemeinsam mit Andrea sein Geheimnis entdeckt hatte. Blitz hatte es Andrea vielmehr verraten. Vielleicht hatte es ja Wolkentanz auch Sandra verraten?, überlegte Laura. Sandra wusste immerhin durch ihre Schwester, dass es Einhörner gab. Sie war sogar auf Wolkentanz geritten, bis Laura herausgefunden hatte, dass das der Grund war, warum Siena beim Fliegen immer so schwindelig wurde. Auf jeden Fall hatte Sandra Wolkentanz' magische Fähigkeiten viel schneller entdeckt als Laura. Wenn sie daran dachte, wie lange es bei ihr gedauert hatte, bis sie den Verwandlungszauber vollbringen konnte oder die besonderen Kräfte des Rosenquarzsteins entdeckt hatte!

Laura spürte, dass sie auf der richtigen Spur war. Mit zitternden Händen las sie, dass Andrea und Blitz damals ganz von vorne anfangen mussten. Blitz musste drei Monate lang ein ganz normales Pony sein. Andrea durfte ihn nicht verwandeln, das hieß, sie durften nicht zusammen fliegen und auch sonst keine seiner magischen Fähigkeiten nutzen. Drei Monate! Das war eine lange Zeit. Laura erinnerte sich an das Glitzern in Sandras Augen, als sie sie am Sonntag getroffen hatte. Sie und Wolkentanz waren richtig gute Freunde. Sie waren sich so nah, dass Laura sich nicht vorstellen wollte, wie sie reagierten, wenn Laura ihnen von dem Tagebucheintrag erzählte. Auch für sie wäre es undenkbar gewesen, sich drei Monate nicht mit Sternenschweif zu unterhalten oder nicht mit ihm fliegen zu dürfen. Aber es schien die einzige Lösung zu sein, wenn Sandra und Wolkentanz tatsächlich dasselbe Problem wie Andrea und Blitz hatten. Das hieß, entweder würden die beiden die drei Monate durchhalten, oder Wolkentanz würde seine Zauberkräfte für immer verlieren. Andrea und Blitz hatten durchgehalten und Blitz hatte danach keine Probleme mehr gehabt. Das würde Sandra und Wolkentanz bestimmt Hoffnung geben.

Laura klappte das Tagebuch zu und legte es in die Kiste zurück, gemeinsam mit dem Buch über die Geschichte der Einhörner. Sie schlüpfte rasch ins Bett und zog sich die Bettdecke bis unters Kinn. Wie sollte sie Sandra das mit den drei Monaten bloß beibringen? Laura seufzte. Sie fühlte sich gar nicht wohl in ihrer Haut.

6

Der nächste Tag verging wie im Flug. Morgens mussten sie noch einen Englischtest schreiben und in Geschichte hatten sie schon wieder die nächste große Hausaufgabe bekommen. Laura fühlte sich ziemlich kaputt, als sie am späten Nachmittag zu Hause ankam. Eigentlich hatte sie Sandra anrufen wollen, um ein Treffen zu vereinbaren. Aber jetzt war sie einfach zu erschöpft, um noch die richtigen Worte zu finden. Morgen war schulfrei. Da ergab sich bestimmt eine Gelegenheit, sich zu sehen.

Am nächsten Morgen erwachte Laura schon früh, obwohl sie eigentlich hätte ausschlafen können. Sie hatte eine unruhige Nacht hinter sich. Zu viele Gedanken schwirrten ihr durch den Kopf. Mit einem Satz sprang sie aus dem Bett und lief zum Fenster. Es versprach, ein schöner Tag zu werden. Die Sonne kämpfte sich gerade durch den Morgennebel. Sternenschweif graste friedlich auf seiner Koppel. Nun blickte er zu ihr hoch und wieherte. Wie immer hatte er gespürt, dass sie am Fenster stand.

„Hast du Hunger, mein Kleiner?", fragte Laura leise. „Warte, ich komme gleich. Dann kannst du dich stärken für unseren Ausritt mit Mel und Jessica."

Die Mädchen hatten gestern in der Schule beschlossen, die kurzen Ferien mit einem gemeinsamen Ausritt zu beginnen. Rasch zog Laura sich an und lief nach unten. Ihre Mutter war mit der kleinen Sophie bereits in der Küche.

„Na, Laura, du bist aber früh auf. Ich

dachte, du schläfst heute mal aus", sagte Mrs Foster.

„Ja, das hätte ich auch gerne, aber irgendwie hatte ich keine Ruhe mehr", erwiderte Laura.

„Willst du nicht rasch Sternenschweif versorgen? Dann bereite ich solange das Frühstück vor und danach machen wir drei es uns ganz gemütlich."

„Ja, gute Idee", erwiderte Laura. „Mel und Jessica kommen erst um zehn Uhr vorbei, da haben wir noch genügend Zeit. Nach dem Mittagessen besorge ich dann mit Mel die Zutaten für unseren Preiselbeerkuchen. Wir wollen ihn schon heute Nachmittag machen, weil Mel morgen zu Hause noch einiges helfen muss."

„Na, das klingt ja nach richtig guter Planung", stellte Mrs Foster fest. In diesem Moment verwandelte sich das zufriedene Quietschen aus der Wiege in ein sanftes Jammern. „Ich glaube, Sophie hat auch schon wieder Hunger."

„Dann bringe ich schnell Sternenschweif sein Frühstück und helfe dir dann", antwortete Laura. Sie schnappte ihre Jacke und lief nach draußen.

Sternenschweif stand bereits am Gatter und wartete auf sie.

„Guten Morgen, mein Kleiner", begrüßte ihn Laura. „Ich hoffe, du hast gut geschlafen?" Sie tätschelte ihm zärtlich den Hals und fuhr mit den Fingern durch seine seidige Mähne. „Von mir kann ich das nicht gerade behaupten. Mir geht zu viel im Kopf herum. Stell dir vor, ich habe wahrscheinlich herausgefunden, warum Wolkentanz seine Einhorngestalt verliert und was die beiden dagegen tun können."

Während Laura Sternenschweifs Box ausmistete, ihm sein Futter und frisches Wasser gab, erzählte sie ihm alles. Sternenschweif hörte ihr aufmerksam zu und zermalmte dabei genüsslich die Körner seines Frühstücks.

Als Laura mit der Arbeit fertig war, ging sie ins Haus zurück. Dort standen bereits dampfende Teetassen und duftender Toast auf dem Tisch. Sophie saß mittlerweile in ihrer Wippe und lachte Laura vergnügt an.

„Du siehst ja richtig fröhlich aus", stellte Laura fest.

„Ja, sie hat auch wirklich gut getrunken", antwortete ihre Mutter. „Das bedeutet, dass wir es uns jetzt in Ruhe schmecken lassen können."

„Prima", freute sich Laura. „Ich habe einen Bärenhunger."

Laura genoss das gemütliche Frühstück mit ihrer Mutter. Sie redeten über alles Mögliche und Laura war froh, dass ihre Mutter ihr die Sache mit den Geschichtshausaufgaben nicht nachzutragen schien.

Nach dem Frühstück ging Laura mit Walter und Buddy nach draußen. Wie üblich musste sie grinsen, wenn sie den großen, immer noch tollpatschigen Berner Sennenhund neben dem kleinen Terrier sah. Mit wehenden Ohren sprang Buddy aufgeregt auf und ab, während Walter mit kleinen Schritten vor sich hintrippelte. Was für ein Glück, dass sich die beiden so prächtig verstanden, obwohl Walter noch gar nicht so lange bei ihnen war. Mrs Fontanas Nichte Catherine hatte sich um ihn gekümmert, nachdem sie die Buchhandlung ihrer Tante nach deren Tod übernommen hatte. Aber nun hatte sie den Laden schließen und in eine kleine Wohnung ziehen müssen. Dorthin hätte sie Walter nicht mitnehmen können. Daher war sie sehr froh gewesen, dass sich Lauras Eltern bereit erklärt hatten, den kleinen Hund bei sich aufzunehmen.

Kaum war Laura von ihrem Spaziergang zurück, stand auch schon Jessica auf dem Hof.

„Guten Morgen, Laura", begrüßte sie sie. „Ist es nicht herrlich, dass wir an unserem freien Tag so gutes Wetter haben?"

„Ja, das stimmt, genau richtig für einen Ausritt", stellte Laura fest. „Ich muss nur noch Sternenschweif satteln."

Während Laura Sternenschweif fertig machte, unterhielten sich die beiden Freundinnen über alles Mögliche. Mel tauchte währenddessen nicht auf.

„Was machen wir denn jetzt? Sollen wir noch warten?", fragte Laura.

„Ich weiß nicht", erwiderte Jessica unschlüssig. „Vielleicht hat Mel unsere Verabredung vergessen? Das kam ja in letzter Zeit häufiger vor. Sie hat einfach zu viel im Kopf."

„Ach komm, dann lass uns doch losreiten", schlug Laura vor. „Wenn sie sich tatsächlich auf den Weg gemacht hat, dann treffen wir sie ohnehin unterwegs."

„Ja, und wenn nicht, dann würde es sowieso zu lange dauern, bis sie hier ist, wenn wir sie jetzt erst anrufen. Ich habe nämlich nicht sehr viel Zeit, weil ich meiner Mutter noch einiges für morgen helfen muss."

„Also gut, los geht's!", rief Laura und schwang sich auf Sternenschweifs Rücken.

Die beiden machten sich auf Richtung Wald und freuten sich an der Sonne und dem guten Duft des feuchten Bodens. Mel begegnete ihnen unterwegs nicht. Wahrscheinlich hatte sie ihre Verabredung tatsächlich vergessen.

„Ich hoffe nur, dass sie daran denkt, dass wir heute noch gemeinsam den Kuchen machen wollen", sagte Laura.

„Ja, das hoffe ich auch für dich", entgegnete Jessica. „Es wird wirklich Zeit, dass dieses Versteckspiel mit der Theatergruppe ein Ende hat."

Bei dem Stichwort Theatergruppe fing es an, in Lauras Hinterkopf zu rumoren. Irgendetwas kam ihr komisch vor. Was war es nur? Etwas, das Mel gesagt hatte? Sie kam nicht darauf. Auf jeden Fall zweifelte sie immer mehr daran, dass Mel an ihre Verabredung heute Nachmittag dachte.

An der Weggabelung mit der großen Eiche trennten sich die Mädchen. Laura ritt allein nach Hause zurück und brachte Sternenschweif auf die Koppel.

„Genieß deinen Nachmittag", sagte sie zu ihm. „Ich schaue dann später wieder nach dir, wenn ich mit dem Kuchen fertig bin."

Sternenschweif schnaubte und fing an zu grasen.

Doch auch nach dem Mittagessen wartete Laura vergebens auf Mel.

„Ruf sie doch einfach kurz an", schlug Mrs Foster vor. „Ich muss nämlich jetzt los." Lauras Mutter wollte die Mädchen mit in die Stadt nehmen, damit sie die Zutaten für den Kuchen einkaufen konnten. Doch bei Mel nahm niemand ab und Laura legte auf, als der Anrufbeantworter ansprang. Plötzlich wusste sie, warum sie heute Morgen bei dem Stichwort Theatergruppe ins Grübeln gekommen war. Sie erinnerte sich, dass Mel in der Schule erwähnt hatte, dass heute die Generalprobe für die Aufführung am Samstag war. Kein Wunder, dass Mel nicht zu Hause war.

„Was ist denn nun?“, drängte ihre Mutter.

Laura zuckte zusammen. Sie musste sich schnell eine Ausrede einfallen lassen, damit ihre Mutter keinen Verdacht schöpfte.

„Ähm … tja, mir ist gerade erst eingefallen, dass Mel mir gestern in der Schule noch gesagt hat, dass sie heute gar keine Zeit hat. Sie wollte mit Silver zu Grace reiten, weil dort heute der Hufschmied hinkommt. Eines von Silvers Hufeisen ist wohl locker.“

„Ach so, na ja, dann brauchen wir auch nicht länger zu warten“, sagte Mrs Foster. Sie nahm die Einkaufstasche in eine Hand und den Autositz mit Sophie in die andere. „Allerdings finde ich es schon ein bisschen komisch, dass sie dir nun gar nicht hilft.“

„Das ist nicht so schlimm, das schaffe ich auch alleine", wehrte Laura ab. „So schwer klingt das Rezept auch wieder nicht."

Als sie ihre Einkäufe erledigt hatten, machte sich Laura zu Hause gleich an den Kuchen. Sie verrührte alle Zutaten für den Teig, füllte ihn in eine Form und schob sie in den Ofen. Als die Backzeit um war, nahm sie die Form heraus und ließ den Kuchen kurz abkühlen. Dann strich sie die Preiselbeeren dick darauf, häufte die Schlagsahne darüber und streute obenauf noch Schokoraspel. Sie wollte gerade die benutzten Sachen abspülen und aufräumen, als das Telefon klingelte. Sie hörte, wie ihre Mutter abnahm. Kurz darauf stand sie in der Küche.

„Das waren Mels Eltern“, berichtete sie. „Sie wollten Mel sprechen, weil sie ihnen gesagt hat, sie sei hier, um mit dir den Kuchen zu backen.“ Laura wurde es siedend heiß. Mrs Foster ergriff den Arm ihrer Tochter und schaute sie eindringlich an. „Laura, wo ist Mel?“

7

Laura spürte, wie sie vor Schreck ganz starr wurde. Was sollte sie denn jetzt tun?

„Was … was hast du ihnen gesagt?“, brachte sie stockend hervor.

„Ich habe gesagt, dass Mel nicht hier ist, weil sie mit Silver zum Hufschmied wollte. Silver ist jedoch in seinem Stall und Mel hat ihren Eltern gegenüber auch nicht erwähnt, dass sie zu Mrs Wakefield wollte. Laura, was ist hier los?“

Laura senkte den Kopf. „Es tut mir leid,

ich habe dich angelogen. Das mit dem Hufschmied habe ich erfunden", gestand sie schließlich kleinlaut.

„Was ist nur in dich gefahren?", fragte ihre Mutter fassungslos. „Du schreibst Hausaufgaben ab, du lügst mich an – was soll das?" Mrs Foster fasste Laura bei den Schultern. „Willst du mir das vielleicht erklären?"

Laura musste mit den Tränen kämpfen. „Es ist alles nur wegen dieser blöden Theatergruppe", platzte sie mit einem Mal heraus.

„Welche Theatergruppe?", fragte ihre Mutter ungläubig.

„Mel spielt in der Theatergruppe der Schule mit. Aber ihre Eltern dürfen nichts davon erfahren. Ihre Noten sind nämlich schlechter geworden und da haben sie sie vor die Entscheidung gestellt: entweder Theater oder Reiten. Natürlich konnte sich Mel nicht gegen Silver entscheiden, aber das Schauspielen macht ihr eben auch solchen Spaß. Also geht sie heimlich hin. Aber all die Proben und die Busfahrten hin und her nehmen viel Zeit in Anspruch. Deswegen ist sie mit den Hausaufgaben nicht mehr hinterhergekommen. Da haben Jessica und ich sie abschreiben lassen. Aber das konnte ich euch doch nicht sagen, denn sonst wäre alles aufgeflogen." Laura holte tief Luft. Die Worte waren nur so aus ihr herausgesprudelt. Sie fühlte sich erleichtert, dass ihre Mutter nun endlich Bescheid wusste.

„Und auch heute wolltest du sie wieder nicht verraten?", fragte ihre Mutter sanft.

„Ja“, gab Laura zu. „Mel hat unsere Verabredung einfach vergessen. Also musste ich mir eine Ausrede einfallen lassen.“

„Die ist ja jetzt aufgeflogen“, stellte ihre Mutter fest. „Wo ist Mel denn nun wirklich? Wir müssen ihren Eltern Bescheid geben. Sie machen sich große Sorgen.“

„Ich denke, sie ist bei der Generalprobe. Zumindest hat sie das vorgestern in der Schule erwähnt“, erklärte Laura. „Das ist mir auch vorhin erst wieder eingefallen.“

„Und wo findet diese Generalprobe statt?“, wollte Mrs Foster wissen.

„In dem ehemaligen Kino in der Borgstraße“, entgegnete Laura.

„Gut, dann rufe ich jetzt die Cassidys an“, sagte Lauras Mutter und griff zum Telefonhörer.

Doch Mels Eltern kannten das alte Kino nicht. Sie wollten Laura abholen, damit sie ihnen den Weg dahin zeigte. Laura fühlte sich bei diesem Gedanken ganz und gar nicht wohl in ihrer Haut, aber was sollte sie tun?

Nur wenige Minuten später fuhr der Wagen der Cassidys auf den Hof. Laura stieg ein und wies Mels Eltern den Weg zum Kino. Während der Fahrt redeten sie nicht viel. Mels Eltern waren sehr enttäuscht, dass ihre Tochter ihnen nicht die Wahrheit gesagt hatte.

Nach einer Viertelstunde hielten sie vor einem heruntergekommenen Gebäude. Ein paar alte Filmplakate hingen in verschmutzten Schaufenstern. Sie fanden keine Klingel. Mels Vater drückte die Klinke der großen, schweren Eichentür herunter und die Tür gab nach. Die drei gingen hinein und fanden sich in einem düsteren Vorraum wieder. Hinter der ehemaligen Kasse befand sich eine weitere Tür. Hier musste es zum Zuschauerraum gehen. Vorsichtig öffnete Mr Cassidy die Tür. Vor den dreien erstreckte sich ein großer Raum mit etlichen Sitzreihen. Dahinter befand sich eine breite Bühne, die in helles Licht getaucht war. Das Bühnenbild bestand aus einem Klassenzimmer mit Tafel, Tischen und Bänken. Mel stand gerade vor ein paar Schülern und machte anscheinend einen Lehrer nach. Sie sprach mit tiefer Stimme, hatte den Oberkörper leicht vornübergebeugt und eine Hand auf den Bauch gelegt. Er war mit einem großen Kissen ausgepolstert.

„Dass mir das nicht noch einmal vorkommt!“, rief sie gerade und fuchtelte mit dem Zeigefinger drohend durch die Luft. Sie sah jedoch nicht, dass hinter ihr der Lehrer mit dem dicken Bauch das Klassenzimmer betrat. Die entsetzten Gesichter und die versteckten Zeichen ihrer Mitschüler bemerkte sie ebenfalls nicht. Mel war richtig in Fahrt. Sie polterte und gestikulierte so treffend, dass Laura beinahe laut aufgelacht hätte. Sie sah, dass sich Mels Eltern einen erstaunten Blick zuwarfen.

Vorsichtig, sodass niemand sie bemerkte, nahmen die drei auf ein paar Stühlen in der letzten Reihe Platz und schauten sich den Rest des Stückes an. Laura beobachtete aus den Augenwinkeln, wie Mels Eltern ihrer Tochter gebannt zusahen. Sie hatte eine der Hauptrollen und machte ihre Sache richtig gut. Sie konnte wirklich witzig und auch wieder ernst sein. Laura hätte nie gedacht, dass Mel eine solche Bandbreite an Gefühlen zum Ausdruck bringen konnte. Manchmal hätte sie ihr am liebsten zugejubelt, aber sie wusste, dass Mel völlig verunsichert worden wäre, wenn sie ihre Eltern und Laura im Zuschauerraum ent-

deckt hätte. Also verhielt Laura sich still und hoffte nur, dass die Standpauke der Cassidys nachher einigermaßen glimpflich ausfallen würde. Sie mussten doch vom Talent ihrer Tochter auch beeindruckt sein. Aber natürlich änderte dies nichts an der Tatsache, dass sie sie angelogen hatte.

Das Stück ging ohne Zwischenfälle zu Ende. Der Lehrer, der am Rand der Bühne

saß und im Drehbuch mitlas, musste den Schülern nicht ein einziges Mal zu Hilfe kommen. Als der letzte Satz verklungen war, klatschte er begeistert Beifall. „Das habt ihr sehr gut gemacht“, lobte er. „Mel, es ist wirklich klasse, wie du Lehrer Bolder nachahmst. Ich bin sicher, du wirst am Samstag die Lacher auf deiner Seite haben. Wenn da alles so gut klappt wie heute, dann wird das Stück auf jeden Fall ein Erfolg. Aber jetzt lasst uns zusammenpacken, damit ihr nach Hause kommt. Am Samstag treffen wir uns wie verabredet zwei Stunden vor Vorstellungsbeginn. Vielen Dank für heute!“

Die Schüler klatschten kurz und verließen dann unter aufgeregtem Geplapper die Bühne.

„Kommt, lasst uns draußen auf Mel warten“, schlug Mrs Cassidy vor. „Ich will ihr hier nicht vor allen Leuten begegnen.“

Die drei gingen nach draußen und warteten am Auto. Schon bald verließen die ersten Schüler das Kino. Schließlich erschien Mel mit zwei anderen Mädchen, die von einer älteren Dame abgeholt wurden.

Als Mel Richtung Bushaltestelle gehen wollte, traten ihre Eltern einen Schritt auf sie zu. Mel blieb wie angewurzelt stehen und starrte sie entgeistert an.

„Hallo, Mel“, sagte ihre Mutter. „Wir haben dich gesucht und dachten, du seist bei Laura. Von ihr haben wir erfahren, dass du hier bei der Probe bist. Sie hat uns hergeführt.“

Laura warf Mel einen hilflosen Blick zu,

der sagen sollte: „Was hätte ich tun sollen?“

Betreten blickte Mel zu Boden. Sie konnte ihren Eltern nicht in die Augen sehen. Laura konnte gut nachfühlen, wie ihr zumute war.

„Seid ihr mir sehr böse?“, fragte Mel schließlich mit leiser Stimme.

„Natürlich sind wir ganz und gar nicht begeistert über dein Versteckspiel und sehr enttäuscht, dass du uns angelogen hast. Und außerdem hast du Laura auch noch mit hineingezogen“, stellte Mels Vater fest.

„Aber bis heute wussten wir auch nicht, wie gut du auf der Bühne bist“, fügte Mrs Cassidy hinzu. „Wir waren wirklich sehr erstaunt über dein Können. Man merkt, dass du mit Leib und Seele bei der Sache bist!“

„Oh Mama, es freut mich so, dass ihr das sagt!“, rief Mel glücklich und umarmte ihre Mutter. Dieser Anblick zauberte auch auf Mr Cassidys ernste Miene ein Lächeln.

„Selbst ich muss sagen, meine Tochter hat Talent“, ergänzte er schmunzelnd.

„Dann darf ich also weitermachen?“, fragte Mel mit leuchtenden Augen.

Mels Eltern warfen sich kurz einen Blick zu. „Ja, das darfst du“, erwiderte Mels Mutter. „Aber die Schule darf nicht darunter leiden.“

„Das wird sie auch nicht mehr, ganz bestimmt“, versprach Mel. „Die vielen Proben haben ja nun ein Ende. Und wenn du mich in Zukunft wieder fahren könntest, dann habe ich auch genug Zeit für die Hausaufgaben.“

„Nächste Woche wirst du auf jeden Fall mehr als genug Zeit haben, denn da sind erst einmal alle Außenaktivitäten gestrichen“, verkündete ihre Mutter.

Mel senkte den Blick. „Ich weiß, ich hätte euch nicht anlügen dürfen. Aber ich habe mir einfach nicht anders zu helfen gewusst.“

„Falls du dich wieder einmal in einer solchen Situation befindest, dann kommst du hoffentlich zu uns, damit wir gemeinsam eine Lösung finden“, sagte Mels Vater. „Wir wollen auf keinen Fall, dass du uns noch einmal anlügst.“

„Ja, das Lügen hat nun ein Ende“, versprach Mel. „Ich muss mich auch bei dir entschuldigen Laura, dass ich dich da mit hineingezogen habe.“

Sie ging auf Laura, die sich etwas abseits gehalten hatte, zu und streckte ihr die Hand hin.

„Schon gut", erwiderte Laura. „Ich bin froh, dass die Geheimnistuerei nun ein Ende hat." Sie zwinkerte ihrer Freundin zu. „Wenigstens haben wir damit ein echtes Talent unterstützt."

Mels Vater zückte die Autoschlüssel. „Ich schlage vor, dass ich jetzt Karten für uns, Laura und Jessica für Samstag besorge. Dieses Talent wollen wir uns doch bei der Premiere auf keinen Fall entgehen lassen." Mel strahlte.

8

Mels Eltern brachten Laura nach Hause. Sie bedankten sich noch einmal bei ihr für ihre Hilfe.

„Bis morgen Nachmittag", verabschiedete sich Mel. „Dieses Mal werde ich unsere Verabredung bestimmt nicht vergessen."

„Das dürfte dir auch schwerfallen, wenn Jessica und ich dich abholen", erwiderte Laura mit einem Grinsen. Sie schlug die Autotür hinter sich zu und winkte den Cassidys hinterher.

Als Laura das Haus betrat, hörte sie die Tastatur des Computers ihrer Mutter klappern. Das Geräusch verstummte, als Laura die Tür ins Schloss fallen ließ.

„Laura?", hörte sie ihre Mutter rufen.

„Ja, ich bin wieder zurück", antwortete Laura und ging ins Büro. Ihre Mutter saß vor einem Schreibtisch voller Papiere und Bücher. Sie schrieb Kinderbücher und hatte gerade ihr erstes Buch nach Sophies Geburt begonnen.

„Na, wie war's?", wollte sie wissen.

„Wir haben einen Teil der Generalprobe noch mitbekommen. Mel war wirklich toll. Das haben auch ihre Eltern gesehen und deswegen lassen sie sie weiter an der Gruppe teilnehmen."

„Das freut mich zu hören", sagte Mrs

Foster erleichtert. „Alles andere wäre schrecklich gewesen für Mel."

„Ja, das stimmt", bestätigte Laura. Die Schauspielerei macht ihr einfach so viel Spaß."

„Trotzdem hätte sie mit ihren Eltern ehrlich darüber reden sollen, anstatt sie anzulügen", stellte Mrs Foster klar.

„Ja, das hat Mel auch eingesehen. Ihr tut es sehr leid, wie sie sich verhalten hat. Sie hat versprochen, in Zukunft mit ihren Eltern zu reden."

„So wie du mit uns, ja?", fragte Mrs Foster lächelnd.

„Worauf du dich verlassen kannst", antwortete Laura und schlang die Arme um ihre Mutter. Einen Moment verharrten sie so, dann fragte Laura:

„Kann ich noch mal kurz mit Sternenschweif weg?"

„Ja, natürlich. Ich wollte sowieso noch eine Stunde arbeiten. So lange wird Sophie hoffentlich noch schlafen. Aber bitte komm nicht zu spät."

„Nein, das werde ich nicht", versprach Laura.

Sie ging ins Wohnzimmer und wählte Sandras Nummer. Sie musste endlich dieses unangenehme Gespräch hinter sich bringen. Und außerdem wollte sie die beiden auch nicht mehr länger warten lassen. Schon nach dem zweiten Klingeln nahm Sandra den Hörer ab.

„Hallo, ich bin's", sagte Laura.

„Oh, hallo, Laura", erwiderte Sandra erfreut. „Ich hatte gehofft, dass du anrufst."

„Wollen wir uns in einer halben Stunde am Wäldchen beim Reitverein treffen?", schlug Laura vor.

„Ja, gerne, das passt gut", erwiderte Sandra. „Ich mache mich sofort auf den Weg."

„Tschüss, bis gleich", verabschiedete sich Laura und legte auf. Sie ging zu Sternenschweif auf die Koppel. Er kam ihr entgegen und schaute sie aufmerksam an.

„Hallo, Sternenschweif", begrüßte sie ihn. „Ich habe gerade mit Sandra telefoniert. Wir treffen sie in einer halben Stunde."

Auf dem Weg zu ihrer Verabredung erzählte Laura Sternenschweif, was alles passiert war. Als sie geendet hatte, wandte er den Kopf und rieb seine Nase an ihrem Bein.

„Du freust dich wohl auch, dass alles gut ausgegangen ist?", fragte Laura. Sternenschweif schnaubte zufrieden.

Als sie am Wäldchen ankamen, war Sandra noch nicht da. Laura sprach rasch den Verwandlungszauber. Kaum stand Sternenschweif als Einhorn vor ihr, warf er ihr einen prüfenden Blick zu.

„Machst du dir Gedanken, wie du die richtigen Worte für Sandra und Wolkentanz findest?", fragte er mitfühlend.

„Ach, Sternenschweif", seufzte Laura. „Du weißt eben immer, was in mir vorgeht. Du bist wirklich mein allerbester Freund." Sie warf Sternenschweif einen dankbaren Blick zu. „Ja, ich habe wirklich ein bisschen Angst vor dem Gespräch", gab sie zu. „Wenn ich mir vorstelle, dass wir beide es wären, die drei Monate nicht miteinander reden, geschweige denn miteinander fliegen dürften."

„Ja, ein furchtbarer Gedanke", pflichtete Sternenschweif ihr bei. „Aber auch wir würden das schaffen, wenn wir keine andere Wahl hätten."

Laura nickte. In diesem Moment knackten ein paar Zweige und Sandra und Wolkentanz tauchten zwischen den Bäumen auf. Sandra hatte Wolkentanz auch schon in ein Einhorn verwandelt.

„Hallo, Sandra“, grüßte Laura.

„Und hallo, Wolkentanz“, fügte Sternenschweif hinzu.

„Hallo, ihr beiden“, grüßte Sandra zurück. „Habt ihr etwas herausgefunden, was uns helfen könnte?“, wollte sie sofort wissen.

„Ja, das haben wir“, antwortete Laura etwas zögernd. Sie spürte, wie die Aufregung ihre Stimme zittern ließ.

„Ist es sehr schlimm?“, fragte Sandra leise.

„Es wird bestimmt nicht leicht für euch werden. Aber wenn ihr es durchsteht, dann wird Wolkentanz seine Einhornkräfte wieder zurückerlangen“, erklärte Laura.

„Es wird also alles wieder so sein wie vorher?“, fragte Sandra mit leuchtenden Augen. Voller Hoffnung ergriff sie Lauras Arm. „Das ist ja großartig!“

„Ich kann es kaum glauben!“, erklang

nun Wolkentanz' Stimme. „Wir hatten solche Angst, dass ich meine magischen Fähigkeiten für immer verlieren würde."

„Was müssen wir tun, um Wolkentanz zu helfen?", fragte Sandra.

Laura schaute ihr fest in die Augen. „Du darfst ihn drei Monate nicht verwandeln", sagte sie dann.

Sandra schaute sie entgeistert an. „Was? Drei ganze Monate?", fragte sie ungläubig.

„Ja", bestätigte Laura. „Ich habe im Tagebuch von Mrs Fontana, einer erfahrenen Hüterin, einen ähnlichen Fall entdeckt. Auch dort hatte das Einhorn Schwierigkeiten, seine Gestalt beizubehalten. Das kam daher, dass er und seine Einhornfreundin seine Fähigkeiten nicht nach und nach gemeinsam entdeckt hatten, sondern er sie ihr verraten hatte. Deswegen ist alles viel zu schnell gegangen und daher musste das Einhorn seine Ponygestalt vorübergehend wieder annehmen."

Sandra und Wolkentanz warfen sich einen langen Blick zu. „So etwas Ähnliches haben wir bereits vermutet", erklärte Wolkentanz. „Ich habe ja schon Erfahrung als Einhorn und Sandra weiß durch ihre Schwester und Glitzerstern auch einiges. Es ist nicht wie bei dir und Sternenschweif, dass wir alles von Anfang an gemeinsam entdecken mussten."

„Ja, das verstehe ich", erwiderte Laura. „Dennoch darf es auch nicht zu schnell gehen. Aber wenn ihr euch an die drei Monate haltet, dann sollte danach wieder alles in Ordnung sein."

„Es wird sicher nicht leicht werden", sagte Sandra und streichelte Wolkentanz' Hals. „Die Tage, seit ich Wolkentanz zum ersten Mal verwandelt habe, waren so schön."

„Aber wenn man bedenkt, wie viele Jahre voller Freude noch vor uns liegen, wenn wir diese drei Monate jetzt durchhalten, dann sollten wir es schaffen", sagte Wolkentanz und stupste Sandra aufmunternd in die Seite.

„Das stimmt", pflichtete Sandra ihm bei und lächelte tapfer. „Vielen Dank euch beiden, dass ihr uns geholfen habt."

„Gerne geschehen", antwortete Laura. „Ich wünschte, ich hätte eine einfachere Lösung für euch gehabt."

„Aber wenn die drei Monate um sind,

dann treffen wir uns auf jeden Fall zu einem gemeinsamen Flug", sagte Sternenschweif.

„Nichts lieber als das", antwortete Sandra tapfer.

„Apropos Flug", bemerkte Laura mit einem Blick auf die Uhr. „Es ist schon spät, Sternenschweif. Ich würde vorschlagen, dass wir besser heimfliegen. Du kannst dich ja wie beim letzten Mal wieder dicht über den Baumwipfeln halten, sodass uns niemand sieht."

„In Ordnung", erwiderte Sternenschweif. Laura saß auf und winkte Sandra und Wolkentanz zu.

„Tschüss, ihr beiden. Kommt gut heim und alles Gute für die nächsten drei Monate."

„Wir werden es schon schaffen", erwiderte Sandra zuversichtlich. „Ich weiß, dass Wolkentanz mein allerbester Freund ist. Daran werden auch diese drei Monate nichts ändern."

„Genau", bestätigte Wolkentanz und stampfte zur Bestätigung mit dem Vorderhuf auf.

Laura lächelte, winkte den beiden noch einmal zu und schon schwang sich Sternenschweif in die Luft. Er hielt sich dicht über den Baumspitzen. Laura genoss die Wärme seines Körpers und die seidige Mähne unter ihren Händen. Sie war froh, dass Sandra und Wolkentanz so verständnisvoll reagiert hatten. Sie würden die drei Monate durchhalten und dann war wieder alles in Ordnung. So wie auch bei Mel wieder alles in Ordnung war. Somit hatten sich alle Probleme in Wohlgefallen aufgelöst! Laura strahlte und war glücklich.

9

Am nächsten Tag liefen die Vorbereitungen für das große Festessen auf Hochtouren. Mel half ihrer Mutter, überall im Haus rosa Luftballons mit Sophies Namen aufzuhängen. Auf den Tisch streuten sie bunte Rosenblätter und legten kleine Rasseln, Söckchen oder Plüschtiere als Geschenke hinein. An die Haustür hängten sie ein großes, von Mel gemaltes Schild, auf dem „Willkommen, kleine Sophie" stand. Zum Schluss steckten sie noch lauter Fackeln in den Garten, die sie später am Abend anzünden wollten.

Die drei Mädchen hatten ausgemacht, dass sie sich eine Stunde vor Beginn des Essens bei Mel zu einem kurzen gemeinsamen Ausritt treffen wollten. Nach all der Arbeit genossen sie nun die Ruhe des Waldes. Es war ein weiterer wunderschöner Herbstnachmittag. Die Strahlen der untergehenden Sonne brachen sich durch die lichter werdenden Zweige. Die Vögel zwitscherten und tief im Wald klopfte unermüdlich ein Specht gegen einen Baum. Laura und Mel erzählten Jessica, was passiert war.

„Was für ein Glück, dass du weiter zur Theatergruppe gehen darfst", sagte Jessica zu Mel.

„Das stimmt", erwiderte Mel. „Als ich meine Eltern nach der Probe da habe stehen sehen, ist mir der Schreck in alle Glieder gefahren. Ich dachte, jetzt ist es aus und dass sie mir die Schauspielerei allein schon deswegen verbieten würden, weil ich sie angelogen habe."

„Wie gut, dass sie dich haben spielen sehen und erkannt haben, dass du wirklich gut bist", meinte Laura.

„Ja, das ist großartig", stimmte Jessica zu. „Und ganz toll finde ich, dass dein Vater für uns alle Karten gekauft hat, Mel. Nach euren Erzählungen kann ich es schon kaum mehr erwarten, dich endlich auf der Bühne zu sehen."

„Ein bisschen mulmig ist mir schon zumute, wenn ich an die vielen Menschen denke“, gab Mel zu. „Ich habe schließlich noch nie vorher auf der Bühne gestanden.“

„Nach dem, was ich gestern gesehen habe, habe ich gar keine Bedenken, dass du deine Sache gut machen wirst“, meinte Laura zuversichtlich.

„Und heute Abend wirst du dich bei unserem Essen auf jeden Fall ordentlich stärken können für den morgigen großen Tag“, sagte Jessica. „Der Truthahn, den meine Mutter gekauft hat, ist so riesig, dass er kaum in den Backofen ging. Als ich gegangen bin, war die Haut schon ganz goldbraun und knusprig.“

„Mmh, das klingt lecker“, freute sich Laura. „Da bekomme ich gleich Hunger.“

„Ich auch“, sagte Mel und warf einen Blick auf die Uhr. „Ich schlage vor, wir beeilen uns lieber ein bisschen, damit wir nicht zu spät kommen. Wer ist als Erster vorne bei den Feldern?“, rief sie und preschte mit Silver davon. Das ließen sich Laura und Jessica natürlich nicht zweimal sagen und setzten sofort hinterher. Die Erde des weichen Waldbodens spritzte auf und Laura jauchzte, als sie sich nach vorne beugte und Sternenschweif schneller und immer schneller wurde.

Als die Mädchen bei Mel ankamen, sattelten sie die Pferde ab und ließen sie auf der Koppel grasen. Dann gingen sie ins Haus und zogen sich um. Laura hatte sich eine graue Stoffhose, eine weiße Bluse und einen roten Pulunder mit kleinen Blümchen darauf mitgebracht. Auch Mel und Jessica machten sich fein für die schön geschmückte Tafel.

Als sie gerade fertig waren, klingelte es und Jessicas Eltern standen vor der Tür. Mr Parker war kaum mehr zu erkennen hinter dem riesigen Topf mit dem Truthahn. Die Mädchen halfen den Parkers, die übrigen Töpfe aus dem Auto zu holen. Und dann fuhren auch schon Lauras Eltern vor. Mrs Cassidy nahm Lauras Mutter die kleine Sophie ab, die sie fröhlich anlächelte.

„Hallo, du kleiner Sonnenschein“, begrüßte sie sie. „Du strahlst ja richtig. Freust du dich, dass du heute unser Ehrengast bist? Wir haben alles schön für dich geschmückt. Und wie ich sehe, hast auch du dich für uns schön gemacht.“

Sophie trug ein rosa Mützchen mit einer

großen Margerite darauf, ein lila Kleidchen mit einer dazu passenden Jacke und weiße Strumpfhosen mit Wollschuhen. Mrs Cassidy brachte Sophie im Autositz ins Haus und stellte ihn auf die Kommode neben dem Tisch, sodass Sophie alles gut im Blick hatte. Sie giggelte und gluckste vor sich hin, als Mr Cassidy die Kerzen anzündete.

Fasziniert schaute sie die tanzenden

Lichter an. Dieses Essen schien ganz nach ihrem Geschmack zu sein, auch wenn sie noch nichts von all den leckeren Gerichten kosten durfte, die jetzt hereingetragen wurden.

Das Essen war ein voller Erfolg. Obwohl am Anfang alle gedacht hatten, es wäre viel zu viel, blieb kaum etwas übrig. Es schmeckte einfach zu köstlich. Besonderes Lob erfuhr Lauras Kuchen, wobei keiner mehr als ein Stück davon schaffte.

„Kommt, lasst uns nach draußen gehen und den Pferden ein bisschen Kuchen bringen", schlug Laura vor. „Sie sollen schließlich auch etwas von unserem Festessen haben."

„Gut", stimmte Mel zu, „aber vorher zünden wir noch die Fackeln an."

Mel und ihre Mutter hatten wirklich unzählige Fackeln überall vor dem Haus in den Boden gesteckt. Es dauerte ziemlich lange, bis die Mädchen sie alle entzündet hatten. Gemeinsam standen sie da und betrachteten ihr Werk. Die Fackeln sahen toll aus! Die flackernden Lichter bildeten lauter leuchtende Tupfen in der Dunkelheit.

Dann gingen die Mädchen mit ihren Kuchenstücken zu den Pferden. Sie wussten, dass das natürlich nicht gesund war, aber heute war eine Ausnahme.

„Hier, mein Kleiner“, sagte Laura. „Für dich soll es doch auch ein bisschen festlich sein.“

Aber Sternenschweif schnupperte nur kurz an dem Kuchen und streckte seine Nase dann wieder auf den Boden. Er rupf-

te ein paar Grashalme ab und warf Laura einen langen Blick zu, während er genüsslich kaute.

„Willst du mir sagen, dass du keinen Kuchen brauchst für ein bisschen Festlichkeit?“, fragte Laura. „Solange wir zusammen sind, ist jeder Tag ein Festtag, stimmt's?“ Sternenschweif schnaubte, trat auf Laura zu und blies ihr sanft durch die Haare.

„Du hast recht", seufzte Laura glücklich und schmiegte sich ganz fest an ihn. „Unsere Freundschaft macht jeden Tag zu etwas ganz Besonderem!"

Umschlaggestaltung von Atelier Reichert, Stuttgart,
unter Verwendung einer Illustration von Silvia Christoph.
Textillustrationen © Biz Hull

Sternenschweif – Magische Kräfte, erzählt von Ina Brandt.
Based on characters created by Working Partners Ltd.

Weitere Bände in dieser Reihe siehe nächste Seite

Gedruckt auf chlorfrei gebleichtem Papier

1. Auflage

ISBN 978-3-440-11592-3
Redaktion: Claudia Steinke
Layout: Ralf Paucke
Produktion: DOPPELPUNKT, Stuttgart
Printed in the Czech Republic/Imprimé en République tchèque

Sternenschweif

1 Geheimnisvolle Verwandlung
978-3-440-09901-8

2 Sprung in die Nacht
978-3-440-09900-1

3 Der steinerne Spiegel
978-3-440-09987-2

4 Lauras Zauberritt
978-3-440-09986-5

5 Sternenschweifs Geheimnis
978-3-440-10169-8

6 Freunde im Zauberreich
978-3-440-10238-1

7 Nacht der 1000 Sterne
978-3-440-10339-5

8 Die Macht des Einhorns
978-3-440-10385-2

9 Flug durch die Nacht
978-3-440-10610-5

10 Geheimnisvolles Fohlen
978-3-440-10611-2

11 Spuren im Zauberwald
978-3-440-10771-3

12 Mondscheinzauber
978-3-440-10808-6

13 Magischer Sternenregen
978-3-440-11121-5

14 Der goldene Schlüssel
978-3-440-11122-2

15 Das Geheimnis der Einhörner
978-3-440-11513-8

16 Geheimnisvoller Zaubertrank
978-3-440-11587-9

17 Die magische Versammlung
978-3-440-11588-6

18 Sommerzauber
978-3-440-11589-3

19 Zauberhafte Freundschaft
978-3-440-11590-9

20 Geheimnisvolles Einhorn
978-3-440-11591-6

21 Magische Kräfte
978-3-440-11592-3

Je €/D 7,95

Preisänderung vorbehalten

www.kosmos.de/sternenschweif

Kleine Nixe Melina

Linda Chapman
Kleine Nixe Melina
Das Inselparadies ①
ISBN 978-3-440-11855-9

Die kleine Nixe Melina würde so gern die Nixeninsel erkunden, doch das ist allen Nixenkindern streng verboten. Mit ihren Freunden Pia, Paul und Fin wagt sie sich dennoch hinaus ins offene Meer – und bringt damit alle in große Gefahr. Ob Melina ihre Freunde retten kann?

Jeder Band €/D 6,95
Preisänderung vorbehalten

Freunde durch dick und dünn
978-3-440-11856-6 ②

Das große Nixenfest
978-3-440-12071-2 ③

Ein Herz und eine Flosse
978-3-440-12072-9 ④

www.kosmos.de